AF233278

LETTRE

SUR LA COMEDIE

D'ESOPE

AU PARNASSE.

LETTRE

DE MADAME

LA MARQUISE DU***

A

UNE DE SES AMIES.

A PARIS,

Chez LE BRETON, Libraire, Quay des Augustins, au coin de la ruë Gît-le-Cœur, à la Fortune.

M. DCC. XXXIX.

Avec Approbation et Permission.

LETTRE

DE MADAME

LA MARQUISE DU***

A

UNE DE SES AMIES.

VOUS me demandez, Madame, quel est mon sentiment sur *Esope au Parnasse*, dont vous avez entendu parler si avantageusement : vous le voulez, dites-vous, je vais vous obéir, mais songez au moins que vous m'y forcez, & sur-tout que ceci soit secret. Je n'ai pas assez de connoissance du Théâtre pour

A

prononcer fur une Piéce, qui a tant de fuccès ; & pour décider fi c'eft avec juftice, ou non qu'elle eft applaudie, je ne prétends vous dire que les réflexions qu'ont produites fur moi les Repréfentations que j'en ai vû.

Je fus à la premiere ; & j'y eus beaucoup de plaifir. Ce jour-là le Partere étoit fort difpofé à rire ; il louoit & critiquoit tout à l'excès, ce qui d'ordinaire arrive aux premieres Répréfentations, fur-tout, quand elles font tumultueufes.

Il y avoit encore ce jour-là deux autres Piéces nouvelles, qui eurent un trifte fort ; & je n'en ai jamais vû de plus décifif. En un mot elles furent fifflées & refifflées : on ne permit pas même aux Acteurs de finir la feconde.

L'une intitulée : *L'Ecole du monde*, eft d'un anonyme ; elle fut jouée la premiere , & précédée d'un Prologue, qui nous promettoit beaucoup plus qu'on ne nous tint, & qui fut fort applaudi. Pour la Piéce, elle fut sifflée.

Je crois cependant que le Parterre fut trop prompt à décider. Il est certain du moins qu'il y avoit de très-beaux endroits, & de très-beaux vers; mais elle étoit trop triste, & il avoit trop envie de rire pour la trouver de son goût.

La seconde intitulée : *Le Médecin de l'Esprit*, est de M. ***. Le Canevas après avoir passé par sept ou huit mains, qui le refuserent, lui en fut donné pour la travailler, & la mettre au jour.

Je ne conçois pas comment un homme d'esprit comme lui ait pu se charger d'un aussi plat sujet, & qui avoit paru intraitable à plusieurs gens d'esprit. Mais c'est assez parler de mauvaises Piéces ; venons à la troisiéme.

Elle eſt de M. * * * Auteur de *l'Ecole du Tems*, jeune homme de vingt-trois à vingt-quatre ans, (à ce que l'on m'a dit) & qui, comme vous avez vû par ſes Piéces, a beaucoup d'eſprit & de talent pour la morale. Je ne vous parle de ſon âge que pour vous faire juger que tant de talens prématurés, peuvent en faire un jour un grand génie.

Je fus donc, je vous l'ai dit, à la premiere Repréſentation ; mais les applaudiſſemens qu'on lui donna ce jour-là, m'empêcherent de l'entendre, & j'en ſortis, comme les autres, ſans ſçavoir autre choſe, ſinon qu'elle fut fort applaudie.

Je fus donc obligée d'y retourner à la ſeconde, pour ſçavoir du moins de ce dont il s'agiſſoit, & ce qui pouvoit avoir mérité de ſi ex-

ceſſifs applaudiſſemens. Ils furent
pour lors plus modérés ; & j'enten-
dis la Piéce, que je trouvai pleine
d'eſprit & de ſentimens.

Je ne ſortis cependant pas ſatis-
faire ; & quand je fus de retour chez
moi , j'en voulus ſçavoir la cauſe,
& je me mis à l'examiner , autant
que je pouvois le faire après une
Repréſentation.

Je trouvai d'abord qu'il n'y avoit
point aſſez de comique , ou pour
trancher le mot , je trouvai qu'il n'y
en avoit point du tout. Ce Jour-là
mon examen ne fut pas long , & il
ne m'en fallut pas davantage pour
connoître d'où venoit mon mécon-
tentement ; mais je me propoſai d'y
retourner à la premiere Repréſentation pour en mieux juger.

J'y retournai en effet ; & ſoit fau-
te de diſcernement , ſoit diſpoſition
de mon eſprit à critiquer , j'y trou-

A iij

vai d'autres défauts. Tous mes Acteurs me parurent tombés des nuës ou conduits là par enchantement. Je trouvai *Eraste* furieusement déplacé au Parnasse ; *& Esope* débitant des fables sur le Théâtre François, me parut encore plus mal placé. J'avois bien vû quelquefois de ces Piéces, que l'on nomme *Episodi-Allégoriques* ; & je sçavois bien que dans ces sortes d'Ouvrages que la paresse, où l'indigence de nos Auteurs a inventé & introduit sur le Théâtre, il n'y avoit ni intrigue, ni dénouement, ni régles ; mais je ne sçavois pas qu'on pût y violer la vraisemblance, & en retrancher le comique ; & j'en douterois encore si M. *** ne m'avoit fait voir que cela se pouvoit faire avec succès.

Je crois cependant que ses Piéces en auroient eu davantage, s'il

eût un peu plus suivi nos regles, &
s'il eût donné plus de gayeté à ses
personnages, comme l'a fait M.
Boissy dans ses belles Piéces *du Je
ne sçai quoi, de Momus corrigé, & du
Triomphe de l'Intérêt.*

Quoique cette espéce de Comédie ne soit point du tout de mon
goût, je sçais rendre justice à M.
de Boissy, & distinguer ses petites
Piéces, où brille le vrai génie de
la Comédie, de celles de M. ***
qui en usurpent le nom.

Revenons à la Comédie, où ce
jour-là je fis encore une autre ob-
servation. J'y remarquai que la plû-
part de ceux, qui applaudissoient,
& les Dames sur-tout, bâilloient
pendant toute la Piéce, & je tirai
de là une conjecture fort simple, &
qui fait beaucoup d'honneur aux
François. C'est que les sentimens
leur plaisent toujours, quelque dé-

placés qu'ils foient ; & pour cela on peut dire que la Piéce en eft remplie.

Je crois auffi avoir deviné la caufe de cette efpece de contrarieté & d'ennui qui paroiffoit dans l'efprit du Spectateur. C'eft que la Piéce n'eft pas affez comique , & eft trop morale , pour être parfaitement goutée fur un Théâtre , où nous ne fommes accoutumés que d'y voir des Piéces felon nos regles.

Nous fommes fi perfuadés qu'on ne va à la Comédie que pour s'y amufer & délaffer fon efprit , & non pas pour le fatiguer de morale , que toute autre chofe nous ennuye. C'eft affurément ce qui ne manque pas d'arriver aux Repréfentations d'Efope, qui doit fon plus grand fuccès aux Comédiens, qui l'ont fait valoir tout ce qu'il vaut , & fur-

tout à l'inimitable Acteur, qui re-
préfentoit Efope, & au déguife-
ment de l'aimable Actrice, qui
jouoit avec toutes les graces poffi-
bles un rôle de petit maître Auteur.

Voila, Madame, quel eft mon
fentiment quant aux Repréfentations; & voici, quant à la lecture,
ce que j'en penfe.

L'Ouvrage a paru parfaitement
bien écrit; j'y ai trouvé de très-
beaux vers, beaucoup d'efprit &
de fentimens. Le Dialogue en eft
aifé & poli, & la candeur de
M. *** s'y fait affez connoître :
en un mot j'ai eu beaucoup plus de
plaifir en le lifant qu'aux Repréfentations, & je crois qu'effectivement
il gagne à être lû.

Il n'y a que le titre de Comédie
qui m'ait révolté; je fuis fi peu ac-
coutumée à en voir de cette efpé-

ce-là , qu'il m'a paru ridicule.

J'ai toujours cru que ce n'étoit que le comique & l'action qui faisoient les Comédies ; & je crois que je penserai toujours de même.

Je pourrois encore citer plusieurs pensées qui m'ont paruës fausses , si j'avois affaire à une personne moins éclairée que vous : mais ce seroit vous offenser ; car je suis persuadée qu'elles ne vous échapperont pas. Il y en a d'ailleurs tant de bonnes, que je crois qu'on peut lui passer le peu qu'il y a de mauvais dans ses Dialogues : car encore une fois Madame, on ne prendra jamais cela pour une Comédie.

Oui, j'en reviens toujours là, & je dirois volontiers aux Partisans de Moliere, & de la bonne Comédie. *Messieurs, on veut renverser nos Spectacles, & détruire le bon goût, ne le souffrez pas, & désormais n'allez*

pas par votre indulgence causer la ruï-
ne du Théâtre, faites voir à ces No-
vateurs ce que c'est qu'une Comédie.

Si j'étois du nombre des amies de
M. * * * (en qui il paroît avoir
beaucoup de confiance) je lui dirois librement ce que je pense de
ses Piéces, & je lui conseillerois en
véritable amie d'animer un peu ses
sentimens, & puisqu'il les anime
tant, de nous donner quelques
bonnes Tragédies où il pourroit les
mieux placer : car, à vous dire ce
que je pense de son génie, je ne le
crois guéres propre à la Comédie.

Peut-être que la difficulté de
réussir & l'exacte observance que
l'on exige de nos regles, l'auront
retenu : mais qu'il ose entrepren-
dre de la vaincre ; & je puis assurer
qu'il réussira dans l'exécution ; rien
ne doit être difficile à un génie comme le sien.

Le petit oranger est assez fort pour porter des oranges, & on voit par ses fleurs qu'il peut nous donner de bon fruit.

On doit esperer qu'animé par le suffrage & par l'indulgence que le Public a eu pour ses Piéces, il tâchera de mériter de plus en plus ses applaudissemens, & de nous donner des Ouvrages, où, selon le précepte d'Horace, l'utile sera joint à l'agréable.

Je suis,

MADAME,

Votre très-humble servante
& très-sincére Amie,
La Marquise du ***

Lû & approuvé ce 15. Novembre 1739.

Vû l'Approbation, Permis d'imprimer. A Paris ce 21. Novembre 1739. HERAULT.

www.ingramcontent.com/pod-product-compliance
Lightning Source LLC
LaVergne TN
LVHW021734030726

842523LV00004B/1423